クララ・キヨコ・クマガイ 作
早川敦子 訳
横須賀 香 絵

インディゴをさがして

A Girl Called Indig

小学館

色《しき》彩《さい》

志《し》村《むら》ふくみ

色はどこから生まれてきたのだろうか。

宇宙《うちゅう》から射《さ》す光は、空や海を染《そ》める。
その青藍《あおお》は、無《む》色《しょく》であり、透明《とうめい》である。
太陽《たいよう》や、夕《ゆう》焼《や》け、火の真紅《あか》も人間の手にふれることはできない。

その色は神々《かみがみ》からあたえられた宇宙《うちゅう》の色なのであろう。

しかし、光がこの大気圏《たいきけん》にはいってくると、さまざまな事象《こと》や物質《もの》に出会《であ》い、光はとまどい、傷《きず》つき、ちりぢりにわかれる。その分散《ぶんさん》された光は地上のすべての色となってあらわれ、生類《しょうるい》にあたえられた色は、命《いのち》あるかぎり輝《かがや》き、死《し》とともに消滅《しょうめつ》する。


そして、人間は、太古《たいこ》より自然《しぜん》から色をとりだすことを考え、植物《しょくぶつ》や鉱物《こうぶつ》からさまざまな色を生みだした。

すべてのものに附着《ふちゃく》した色は人間が創意工夫《そういくふう》してつくりだしたものである。

プロローグ

色《いろ》の中《なか》で、いちばん最後《さいご》に名前《なまえ》がついたのが、藍色《インディゴブルー》でした。
この色《いろ》は、世界《せかい》のたくさんの言葉《ことば》で、それぞれちがうふうによばれていたのです。
たとえば……
「青《あお》リンゴ色《いろ》がまじったベルリンブルー」とか、
「春《はる》のおわりのたそがれどきの色《いろ》」とよばれることもあれば、
ただ「愛《あい》」という言葉《ことば》でかたられているところもありました。

でも、なぜ最後《さいご》まで色《いろ》の名前《なまえ》がなかったのか、そのわけは、だれも知《し》りません。
インディゴブルーにたどりつくまでの物語《ものがたり》は、
世界《せかい》の言葉《ことば》の数《かず》ほどたくさんあるようです。
わたしはぜんぶ知《し》っているわけではありませんが、
そのひとつをお話《はな》ししましょう。

昔《むかし》あるところに、インディゴという名の女の子がいました。特別《とくべつ》な力をさずかった子どもだといううわさもあれば、とてもびんぼうな家に生まれたらしいというものもいました。どこかのお姫《ひめ》さまだったとか、いやいや、すて子にちがいないとか、そう美しいわけでもなく、読《よ》み書《か》きもできなければ身よりもなくて、ひとつもとりえがない子だと思っている人もいました。

ほんとうかどうかは、たいしたことではありません。人の話はいろいろです。わたしが知っているのは、その女の子は、いつも新しいものに目をかがやかせるあふれるような好奇心《こうきしん》と、愛《あい》を感じる心を持っていたということです。この二つは、人生でなによりも大切なもので、インディゴにはそれがそなわっていたのでした。

はじめて世界を見たとき、
インディゴは色に愛《あい》を感《かん》じました。
はじめて口にした言葉《ことば》が、色の名前、
白、黒、赤、緑、黄、青、でした。
大きくなるにつれ、色の世界も広がっていきました。
萌黄色《もえぎいろ》、茜色《あかねいろ》、淡紫色《うすむらさきいろ》、鮮緑色《せんりょくいろ》。
小さな頭の中に、色の辞書《じしょ》があるようでした。

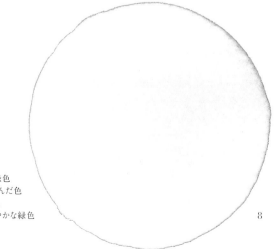

＊萌黄色……新緑の萌えいずるような若々しい黄緑色
＊茜色……夕焼けのような赤にわずかに黄がさしこんだ色
＊淡紫色……紫草の根で染まる青みがかった紫色
＊鮮緑色……この世のものと思えないほどの、あざやかな緑色

けれど、それだけではありません。インディゴは、色にむかって話しかけて、友だちになることができたのです。ちょうど、野生の動物たちにやさしくそっと近づいて、鳥たちに話しかけるように、色と友だちになりました。色に話しかけながら、そのすみかからさそいだす方法《ほうほう》を、インディゴはちゃんとわかっていたのです。どの色がどこに住んでいるのかも知っていました。

黄緑色は、春に芽吹《めぶ》いた葉っぱの先にかくれていました。金色は、昼下がりにほほえむキンポウゲに。青磁色《せいじいろ》は、石のくぼみにたまった水の中に。色は、あるときは水のように流れるものに、またあるときは、霧《きり》の中にひそんでいることもあれば、小石のようなかたいものの中から、すがたを見せることもありました。

＊青磁色……磁器の青磁の肌色のような灰味を帯びた青緑色

インディゴは、色をずっとつかまえておくことはできないと知っていました。家いえのかべに色をぬり、織物《おりもの》をいろいろな色に染《そ》めあげると、村人たちはその布《ぬの》を身にまといました。インディゴが住む小さな村は、風景《ふうけい》も、住む人たちの服も茶色や灰色《はいいろ》ばかりで、いかにもつまらないと思ったからです。

村に色があふれると、人も場所も、夏の光の中にいる鳥たちのように、明るく、喜《よろこ》びにかがやきだしました。やがて、太陽の光が照《て》らしだす地上の色だけではなく、星々や月の色までもが、この村にあふれているといううわさが広がっていきました。

商人たちは旅の道を変え、遠い親戚《しんせき》をたずねる者たちは遠回りしても、うわさの村を一目見たいと、やって来るようになりました。そして、村にあふれる活気に心おどらせ、色のこまやかな美しさやあざやかさに、目を見はりました。「インディゴは、まるで色のたましいをつかまえたかのようだ」と、みな口をそろえて言いました。

インディゴは、そんな人びとからは、ちょっとはなれたところにいたいと思いました。人から注目されようなんて、思ってもいなかったのです。ただ、いたるところに、色にいてほしいと願《ねが》っただけでした。

インディゴをたずねて来た者たちは、色をほしがりました。しかし、持って帰れそうな織物《おりもの》などをあげることもありましたが、色そのものを人にあたえることは、夢《ゆめ》をほかの人にあげられないのと同じで、インディゴにもできないことでした。

それでも、人びとは、インディゴの色を手に入れようとしました。インディゴが見せてくれる色は、顔料《がんりょう》をすりつぶしたり、染料《せんりょう》をつくったりすることではぜったいにまねることができない、なにか特別《とくべつ》なものを持っていたのです。

それは、色の命でした。まるで、太陽の光に温《あたた》められた石が熱《ねつ》をはなつように、色から命がかがやきだすのが感じられるのです。

インディゴがさそいだす色は、人びとを笑顔《えがお》にしたり、声をあげて笑《わら》わせたりするのでした。体がすっかり回復《かいふく》したという人さえいました。つかれた人は急に力がわきでてくるのを感じ、病気は消えて、かたくなった関節《かんせつ》はほぐれるのでした。

このことを知ると、インディゴは喜《よろこ》びましたが、自分のことをおおぜいの人たちが「色をつかまえる者」とうわさして、おしかけてくるようになると、だんだんと心が落ちつかなくなっていきました。

いつしか人びとは、インディゴのことを、「色をつかまえる者」と呼《よ》ぶようになりました。でもインディゴは、その呼《よ》び名が好きではありませんでした。

「わたしは、色をつかまえたりしないわ」とインディゴは言いました。

「色をさそいだしているだけ」。

でも、「色をつかまえる者」という呼《よ》び名は、すっかり有名になりました。

そうして、「色をつかまえる者」の名は、王さまの耳にもはいったのです。インディゴの住む村は、王さまの治《おさ》める国の中にある小さな村でした。王さまは、自分の国に住む人のことなど、これっぽっちも関心《かんしん》がありませんでした。

しかし近ごろの王さまは、耳も聞こえづらくなってきて、体のあちこちもおとろえてきたことに気がつきはじめました。老人《ろうじん》になってきたのです。健康《けんこう》のために、野菜《やさい》だけを食べるようにして、少なくとも毎日三十分はしっかり体を動かすように心がけるようになりました。あらゆる種類《しゅるい》の薬《くすり》やシロップを準備《じゅんび》させました。そして、神《かみ》さまにお祈《いの》りをして、それまでの悪いおこないのゆるしをこうとまでしました。どれもとても骨《ほね》がおれることでしたが、ききめがあるかどうか、まったく自信《じしん》はありません。

そんなとき、「色がふたたび命を回復《かいふく》させる力を持つ」といううわさを耳にしました。王さまは、ぜひとも自分でそれをたしかめたいと心を決め、その色のある場所に連れていけと命令をくだしました。

王さまが、
はるばるやってくるという知らせは、
すぐにインディゴの村にも
伝わりました。やがて
村に到着《とうちゃく》した王さまの行列を、
インディゴは出迎《でむか》えました。

王さまは、
インディゴの村にあふれる
色から目をはなせなくなりました。
豪華《ごうか》な衣装《いしょう》も
金やステンドグラスの窓《まど》も、
この世のあらゆる富《とみ》を持つ王さまでさえ、
この村で目にしているような
美しい色を見たことがなかったのです。
「『色をつかまえる者』はどこにおるのか?」

王さまは声をあげました。インディゴは一歩前に出て、おじぎをしました。

「その呼《よ》び名は好みませんが、わたしがおたずねの者です」

「おまえが？」

王さまは、鼻先であしらうように見くだしたしせんを投げかけました。

「だが、おまえは——」

まだあどけない、どこにでもいる小さな女の子です。

「——こむすめ、か」

インディゴはなにも言いませんでした。どう答えてよいのかわからず、なにより、なにか言わなくてはいけないとは思わなかったのです。

「まあ、よかろう」

王さまはえらそうに言いました。

「おまえの評判《ひょうばん》は聞いておる。おまえの色が病いをなおすことができると」

「わたしにはわかりません。ほんとうに色が……」

インディゴの言葉をさえぎって、王さまは言いました。

「おまえにやってもらいたいことがある。

うまくやれば、
富《とみ》と名声を手に入れられようぞ。

病いをなおすだけでなく、
このわしに、永遠の命をあたえる
色をつかまえるのだ」

聞いていた村人も、旅人《たびびと》たちも、そして王さまの一行もみな、水を打ったようにしずかになりました。

インディゴは、一息ついて、口を開きました。

「できません」

みな息をのみました。

「わたしには、できません」

そう、インディゴは言いました。

「そんなはずはない！」

王さまはどなりました。

「永遠《えいえん》の命をあたえる力を持った色が、ぜったいにあるはずだ。まだだれも見つけたことがないとしても、おまえには、できるだろう」

インディゴはだまっていました。王さまの言ったことは、ぐうぜん口をついて出た言葉だったにせよ、ぜんぶまちがいではないと思いました。たしかにひとつ、まださそいだすことができない色があったのです。インディゴが、自分がよびかける言葉に答えてほしいと願《ねが》って、ずっと待っている色でした。それは、深い紫《むらさき》がかった蒼《あお》い色で、神秘的《しんぴてき》な、ふしぎな美しい色でした。

「わしのためにその色を見つけることができたら」

王さまが話をつづけました。

「おまえには、いちばん美しい色の家を建《た》ててやろう」

インディゴは、なにかほかのことに思いをとらわれて、王さまの言葉が耳にはいってはいないようでした。

「えっ？」

「黄金はどうだ」

王さまは、インディゴが心を

動かされないようすに、いら立って言いました。

「黄金ならよかろう?」

インディゴは肩《かた》をすくめて、心ここにあらずというようすで言いました。

「なにかとひきかえに色をさそいだすのではありません」

王さまの顔が、がまんもこれまでと言わんばかりに、それまでインディゴも見たことがないような暗い赤褐色《せっかっしょく》に変わりました。

「わしのために、その色をつかまえることができないならば、村に火をはなって火あぶりにしてやる」

「火あぶりですって?」

「おまえが魔女《まじょ》だといううわさがある。おまえの村では、魔法《まほう》がおこなわれているということも聞いた。いま、その罰をあたえようではないか」

村人たちはざわめき、それからしずかになりました。火あぶりの刑《けい》のことを聞いたことがあったのです。

*赤褐色……赤みを帯びた茶色

「でも、わたしがその色をさがしだしたら、それは魔法《まほう》ではないと言うのですか?」
インディゴはたずねました。
「すべては、
王であるわしが決めることだ」
王さまは言いました。
「わしは王だ。
王がすることはすべて正しいのだ」
そう言うと、王さまは
家来たちに帰る合図を送り、
行列が動きだしました。
次の満月《まんげつ》の日に、
ふたたびおとずれることを予告《よこく》し、

王さまは、肩《かた》ごしに
言いはなちました。
「黄金か、
火あぶりのたいまつか。
そのどちらを持って
もどることになるかは、
インディゴ、
おまえしだいだ」

次の満月《まんげつ》は三日後でした。

目の前のできごとへの興奮《こうふん》と、これからどうなるかという不安に、村は大さわぎになりました。火あぶりと聞いて、恐《おそ》ろしくなりふるえあがるものもいれば、目もくらむような黄金の話にうかれるものもいました。そして、王さまが、ほんとうに村にやって来たという現実《げんじつ》のできごとが、いっぺんにおしよせて大混乱《だいこんらん》です。

その中で、インディゴはただ一人、なにも言わず、じっと立ちつくしていました。どうしたらよいのか、とほうにくれていました。

自分のことだけだったら、王さまの命令を無視《むし》して、新しい色を求めて村を出てゆくこともできたでしょう。でも、いま、村中の人が、インディゴに注目して問いかけるのです。

「いったいどうするつもり？　王さまに永遠《えいえん》の命をあたえられる色は、さがしだせるの？」と。

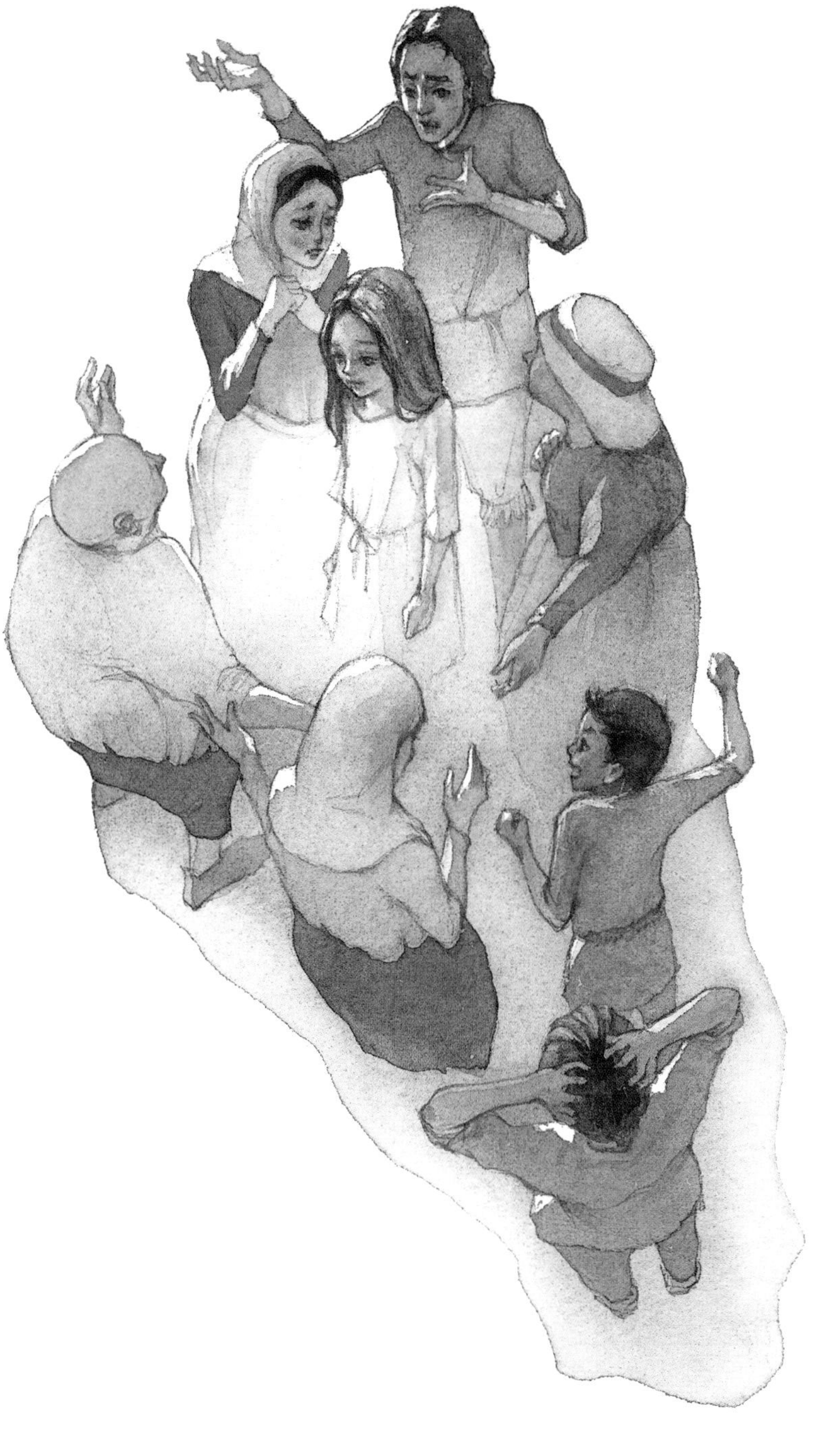

インディゴは、
足もとの岩の深い灰色《はいいろ》に目を落とし、
それから、おり重なる
山並《やまな》みのくすんだ青色に、
そして、カシの樹《き》の皮《かわ》の赤や茶の色に、
まなざしをむけました。

そこには、古く太古の昔からありながら、
永遠《えいえん》に生きつづける色はありません。

「わからない」

やっとインディゴは言いました。

「でも、なにか見つかるでしょう」

インディゴがそういったところで、
だれの気持ちも明るくなりませんでした。

インディゴは、
一人で川べを歩いていくと、
木の下にすわって考えこみました。
　空を見上げてみました。
太陽は、光とまばゆい青色を
したがえて沈《しず》んでいきました。
すると地平線のすぐ上に、
あの深く紫がかった蒼《あお》い色が
あらわれました。
それはあっというまに消え去り、
深い海のような瑠璃色《るりいろ》と濃《こ》い紺色《こんいろ》が
とってかわりました。

あのつかのまの色こそ、
インディゴがさがしている色でした。
命の鼓動《こどう》をともなって、
昼と夜のあいまにあらわれる色です。

＊瑠璃色……ラピスラズリのような青く輝く石玉のような色
＊紺色……わずかに赤、もしくは紫がかった濃い藍色

次の日、インディゴは小さな舟をこいで海へ出ていきました。あわ立つ波は真珠《しんじゅ》のようでした。舟はその波をこえ、それからトルコ石のような浅瀬《あさせ》の海面を過ぎていきました。インディゴは、沖合《おきあ》いまでくると、海をじっと見つめました。人の足も立たなくなるくらい、海底《かいてい》がぐっと深くなるところ、その場所に、あの色があらわれました。神秘的《しんぴてき》な場所へと海がうつっていく場所です。

その次の日に、インディゴは雨と太陽を追いかけました。
霧雨《きりさめ》が太陽の光とまじりあう瞬間《しゅんかん》に、
色とりどりの光の帯《おび》が虹《にじ》をえがき、
それはやわらかで、ほとんど透明《とうめい》に見えるような
かがやきをはなっていました。
そして、虹《にじ》のいちばん深いところに、
その色がありました。

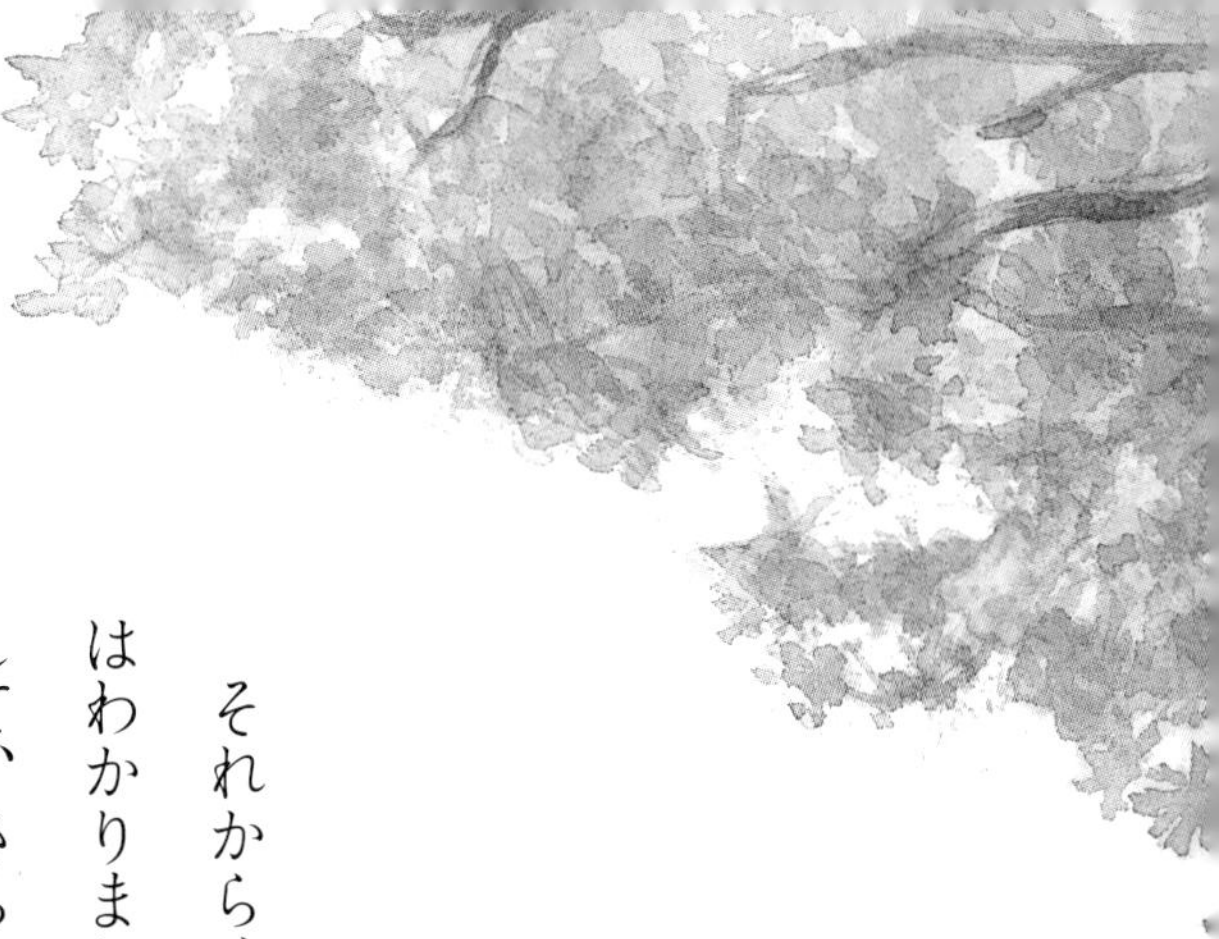

それからインディゴは木の下にもどって、考えてみたのです。色のすみかはわかりましたが、どうやってそこからさそいだせばよいのでしょう？　そして、さらにむずかしいことに、どうすれば王さまのところに持っていくことができるのでしょうか？

その色は、ひとところにとどまってはいませんでした。じっさい、ひとつのものと他のもののさかいめのところで、どちらにも自由にいききできるようでした。

インディゴに、ある考えがうかびました。
太陽が沈《しず》み、暗くなりはじめるちょうどそのときに、
インディゴがさがしている色はあらわれます。
インディゴは、高貴《こうき》な帝王紫《ていおうむらさき》や深緑色《ふかみどりいろ》に
よびかけるときのように、
深い敬意《けいい》をこめたおごそかな声で、
その色をよんでみました。
「お願いです、もっとも神秘《しんぴ》に満《み》ちた色よ！
どうか、いましばらくの間だけ、
とどまってください！」
インディゴがさがしていた色は、
山頂《さんちょう》の影《かげ》の真上にただよっていました。

＊帝王紫……古代ヨーロッパの貴族が愛用した貝紫で染まる赤みがかった紫色
＊深緑色……一年中緑をたたえる常緑樹の葉のような濃い緑色。

インディゴは、色にかたりかけました。まず、自分のことを話しました。「色をつかまえる者」ではなく、色の友だちとして。それから、永遠《えいえん》の命を得るためには人殺《ひとごろ》しもいとわない王さまの命令のことを話しました。そして、自分には考えがあって、もし、色が同意してくれるのであれば、王さまのむずかしい命令をなんとかできるかもしれない、と言いました。

色は、インディゴに答えました。しばらく話し合って、約束《やくそく》をかわしてくれたのです。やがて、夜がおとずれました。

次の日、インディゴは村にもどりました。
村人たちは恐《おそ》れおののいていました。
「どうすればいいんだろう？
インディゴは、どうするつもりなんだ？」
みんながたずねました。
インディゴは言いました。
「考えがあります」

夕暮《ゆうぐ》れが広がってきました。
王さまの到着《とうちゃく》をつげる知らせがとどき、家来たちの半分は、黄金のはいった箱《はこ》を、のこりの半分は、油にひたした燃《も》えさかるたいまつを運んできました。
インディゴは、王さまが大またで近づいてくるのを出迎《でむか》えました。

「さて?」

王さまが言いました。

「わしに永遠《えいえん》の命をあたえる色を見つけたのか?」

「もし、その色の力を信じるなら」

インディゴはしっかりと答えました。

「見つかったと言えるでしょう」

「よろしい! では、ほうびをとらせよう」

王さまは、宝《たから》の箱《はこ》にむかって手をふりました。

「黄金はおまえのものだ」

インディゴは肩をすくめて言いました。

「ほしくはありません。それにわたしは、その色を手わたすことができないのです。色は、手わたせるものではありません。かわりに、

あなたがその色と……そう、
一体にならなければいけないのです」

「よかろう」

王さまはしびれをきらして言いました。

「で、どこにあるのだ？」

「待って。見ていてください」

インディゴは、
空を見上げました。

手のひら一杯《いっぱい》にすくった
ひんやりとした雪のような、
まあるい、象牙色《ぞうげいろ》の月が上がりました。
みるみる空の色が深《ふか》まりました。
みなが息をひそめて見守っていました。
「あそこに」
インディゴが言いました。
「いま」
空と海の、太陽と雨のさかいにあるあの色が、
少しずつ大きく広がり、
近づいてきたかと思うと、
あたり一面をおおいながら、
人びとの目の前にあらわれました。

だれもが無言のまま、ひょっとしたら、
この色はかつて夢《ゆめ》で見た色かもしれないと
思いめぐらしていました。

「これが、その色」

王さままで、思わず言葉をもらしました。

「わしのものだ！　しかし、どうやって持って帰ればよいのだ？」

「色を持っていくことはできません」

インディゴが、しずかに言いました。

「色が、あなたを連れていくのです」

「どういうことだ？」

「色の中に歩いていってください」

と、インディゴは王さまをうながしました。

王さまは、一歩前にふみだしました。色が王さまの顔を照らし、少し美しく見えるほどでした。王さまは立ち止まりました。

「これからどうなるのだ？」

「わかりません」

インディゴは言いました。

「だれも、永遠《えいえん》に生きたことはないのですから」

王さまはだまりこみ、永遠《えいえん》に死なないということについて、はじめて考えてみました。そして、考えがかわったようです。

ところが、王さまには、王さまのほこりがあります。自分がまちがっていたことなど、みとめたくはありませんでした。

それに、王さまは、
こわくなったのです。

「おまえが先に行くのだ」

王さまは言いました。

「わかりました」

インディゴは答えました。

「でもその前に、
たいまつの火を消してください」

「よかろう」

王さまは、
たいまつをたずさえた家来たちに合図をして、
炎《ほのお》を消させました。
「さあ、行くのだ」

インディゴは、村をふり返りました。
それからにっこりとほほえむと、
その色の中へと進んでいきました。
色は鼓動《こどう》しながらかがやいて、
命そのもののようでした。
それから、色はしずかに消えてゆきました。
インディゴも、一緒《いっしょ》に。

みんなは息をのみました。それから、大さわぎになりました。村人たちはインディゴの名前をよびながらさがしまわり、その横で、王さまはどなりちらしました。村は大混乱《だいこんらん》です。けれども、まちがいありませんでした。インディゴが、ちゃんと王さまのために色を見つけたことは、まちがいありませんでした。そして、その色がふしぎな力を持っていたこと、王さまが色の中に進んでいくのをこばんだということは、たしかでした。王さまでさえ、それはちがうとは言えませんでした。

王さまは、村に火をはなつことこそしませんでしたが、村人たちに黄金をあたえることもありませんでした。その場からこそこそ逃《に》げだしながら、内心、色の中へ進んでいかなくてほっとしていました。いまとなっては、死ぬことはごく当たり前のことのように思えたからです。

村は、ひっそりとしずけさをとりもどしました。
村人たちはたがいに顔を見あわせながら、
インディゴをさがそうか、
いつかきっともどってくるとか、
もうこのままそっとしておくのがいいとか、
ひそひそささやいていました。
それから自分たちの家に帰り、
ねむりました。

さて、このあとのことについては、
いろいろにかたられています。
あれからだれもインディゴのすがたを見なかった、
という人もいれば、いや、
いかさまだったのだという人もいます。
永遠《えいえん》の命を手にする秘密《ひみつ》を見つけたにちがいないと
いう人もいれば、
ほんとうに「色をつかまえる者」だった、
いや、そうではなくて、色のほうがインディゴを
つかまえたのだという人もいます。

あの色があらわれる特別な瞬間《しゅんかん》に、
インディゴのすがたも見えるときがあると
信じている人もいます。

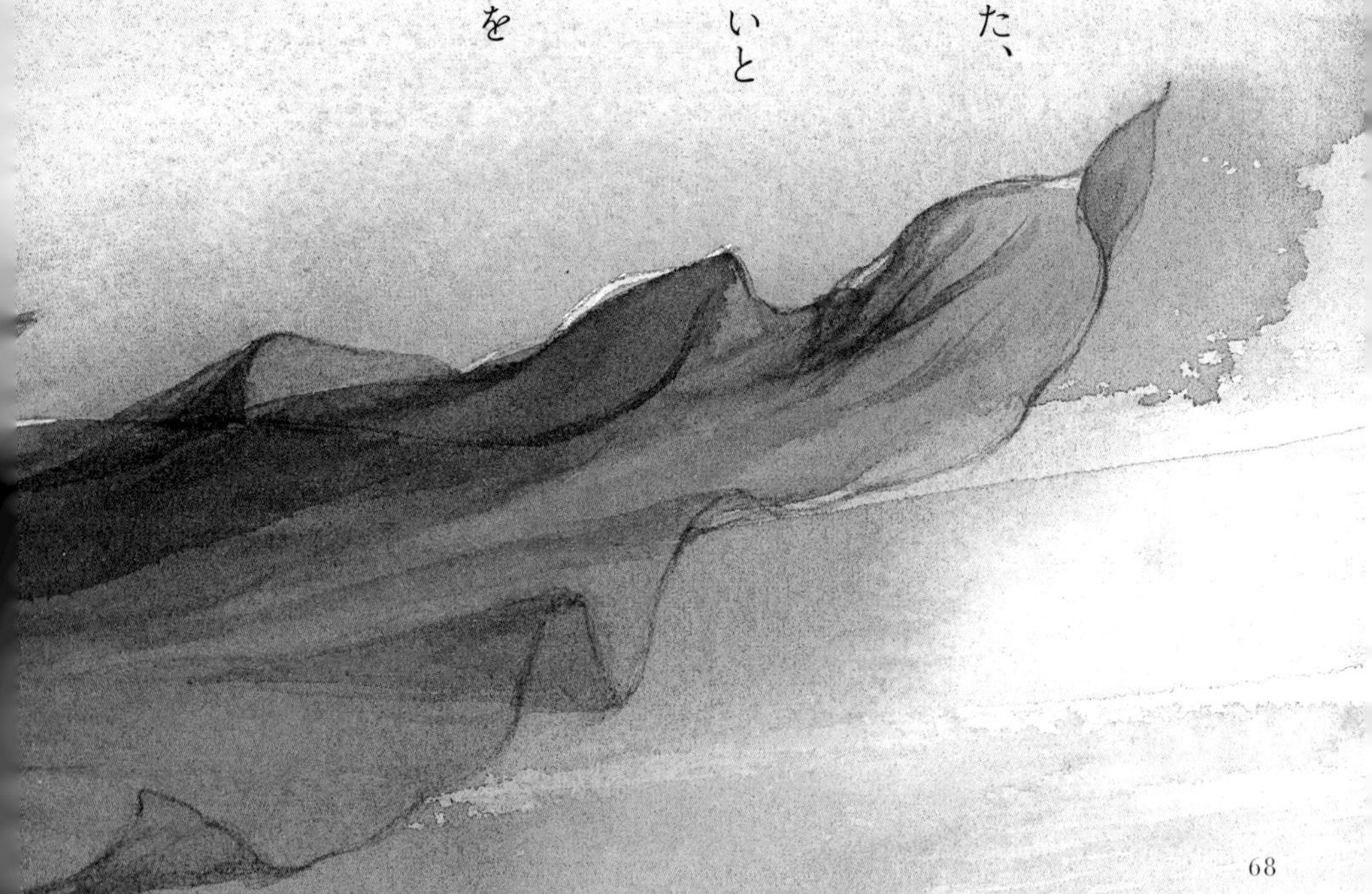

ほんとうのことはわかりません。
でもわたしは、はるか遠くの国の、
人里はなれたところで、
色が生き生きとかがやいている
村を見たことがあります。
いずれにせよ、
お話の最後《さいご》については、
だれもが同じ結末《けつまつ》にたどりつきます。

――「インディゴがつかまえた色には、名前があたえられた。
その名はインディゴブルー」。

「色が生まれるとき」

志村洋子《しむらようこ》

人は眠《ねむ》りからさめて現実《げんじつ》の世界にもどるとき、色の世界に目覚《めざ》めます。

この色の世界に目覚《めざ》めることがどんなにすばらしい奇跡的《きせきてき》なことか、さらに、自然《しぜん》の色と人工の色がまざり合って成り立っていることに、気がついている人はあまりいません。人は色彩《しきさい》についてほとんど無意識《むいしき》に生活しているといえるでしょう。

現在《げんざい》の地球上《ちきゅうじょう》、都市生活者といえば、北半球と南半球の一部に集中しています。日本を始めアジア諸国《しょこく》、欧米諸国《おうべいしょこく》、オセアニア諸国《しょこく》などです。都市生活者の私《わたし》たちは、身のまわりの物が人工色であることに矛盾《むじゅん》を感じないで生きています。家の中を見まわしてください。家具や壁《かべ》、床《ゆか》、風呂場《ふろば》、階段《かいだん》、玄関《げんかん》にいたるまで人工の塗料《とりょう》や染料《せんりょう》がぬってあります。

ところが一歩外に出ると地域差《ちいきさ》はありますが、空、山、川、木々や畑など自然《しぜん》の色を目にすることができます。

地球上のある地域《ちいき》では、人工色を見ることの方がめずらしいという人たちもいます。アフリカや南米《なんべい》の奥地《おくち》にまで行くと先住民族《せんじゅうみんぞく》の方々が生活しています。彼《かれ》らが目にする色は、空と大地、そしてあざやかな花々、動きまわる存在《そんざい》としては動物や魚、鳥、虫などです。

しかし何より、身近な人間の肌《はだ》の色や髪《かみ》の色の意味は、地域《ちいき》に関係《かんけい》なくおどろくべき自然《しぜん》の魅力《みりょく》の一つです。これからお話しするのは、いま述《の》べたような、自然の色が生まれてくるときのことです。

一口に空の色、山の色、大地の色といっても実に多様な色合いをしています。みなさんがおなじみの朝焼《あさや》けや夕焼《ゆうや》けの色を思い浮《う》かべても、さまざまな色のグラデーションでできています。そうです自然の色彩《しきさい》の大きな特徴《とくちょう》はグラデーション（濃淡《のうたん》）とミキシング（混合《こんごう》）にあり、本当に感心してしまうくらい微妙《びみょう》な色合いを表現《ひょうげん》してくれます。

天気の良い日には、夜明けの瞬間《しゅんかん》から日没《にちぼつ》まで、大空では色彩《しきさい》のページェント（色の変化《へんか》が大規模《きぼ》に展開《てんかい》する野外劇場《やがいげきじょう》）がくりひろげられていますが、現代人《げんだいじん》は空を見上げることが少なくなりました。それなのに、自然は一日も欠《か》かさないですばらしい色彩《しきさい》世界を提供《ていきょう》しています。

春から夏にかけての木々にしげれる葉の色は、決して緑一色ではありません。緑という名のもとに数えきれない緑の仲間《なかま》がひしめき合っています。同じように大地の土の色も茶、黒、灰色、赤銅色《しゃくどういろ》などが渾然一体《こんぜんいったい》となって土の色をなしています。

季節《きせつ》のうつろいとともに草や葉の色は変化し、春には緑だった葉が秋には黄色や赤の強烈《きょうれつ》な色彩《しきさい》になります。このように地球の色彩《しきさい》に心を向けると自然界《しぜんかい》のすべての物質《ぶっしつ》は色の変化の塊《かたまり》であるともいえます。

私《わたし》の仕事は色を染《そ》めて織《お》ることです。

何を何に染《そ》めるかといえば、植物《しょくぶつ》の色を絹糸《きぬいと》に染《そ》めています。

色は植物の樹液《じゅえき》（木から分泌《ぶんぴつ》する液体《えきたい》）で染《そ》めますので、化学染料《かがくせんりょう》に対して天然染料《てんねんせんりょう》になります。植物は基本的《きほんてき》にはなんでも染《そ》まりますが、古来《こらい》から染《そ》めるのに適《てき》した植物としてつたえられているものはすぐれた染料《せんりょう》といえます。

その中でも最も代表的《だいひょうてき》な藍《あい》のお話をします。藍《あい》は他の染料《せんりょう》とちがって「藍建《あいだ》て」という独特《どくとく》な方法で色を出します。藍《あい》は宇宙《うちゅう》からの力と大きく関連《かんれん》していると思うので、月の満ち欠《か》けのリズムにそいながら建てます。

私《わたし》の工房《こうぼう》では新月（月が見えない日）に藍《あい》を仕込《しこ》みますがこのことを「藍《あい》を建《た》てる」といいます。藍色《あいいろ》をつくる原料《げんりょう》の蒅《すくも》という植物《しょくぶつ》の塊《かたまり》を藍《あい》のびんに入れ、そこに藍《あい》の養分《ようぶん》になる木の灰汁《あく》と、お酒や石灰も同時に入れよくかきまぜてしばらくねかせておきます。一週間ほどすると発《はっ》酵《こう》してきて藍《あい》の色素《しきそ》が表面にあらわれます。大きなびんの表面いっぱいに広がった藍《あい》の色素《しきそ》は、神秘的《しんぴてき》な色合いを見せてくれます。青紫《あおむらさき》に黄金色がまざった見たこともないような色彩《しきさい》世界です。「どんな色が染《そ》まるのだろう」と期待《きたい》に胸《むね》はふくらみます。ちょうどそのころ、月を見ますと上弦《じょうげん》の月はかなり大きくなり、満月をむかえようとしています。いよいよ明日が満月という日に真っ白な絹糸《きぬいと》を藍《あい》のびんに入れます。満月《まんげつ》の藍《あい》の色はどんな色になるのか見てみましょう。白の糸は藍《あい》のびんにすいこまれるように入っていきどんどん藍《あい》の液《えき》を吸収《きゅうしゅう》します。

藍《あい》の表面はぷくぷくと色を生み出し、糸は母乳《ぼにゅう》をすう赤ちゃんのように色を吸収《きゅうしゅう》していきます。染《そ》めている私《わたし》もうれしくなって糸をゆらゆらゆらして、応援《おうえん》します。ゆっくりひたしてそろそろ引き上げるときには、糸から藍《あい》の液《えき》がポタポタ落ちるので、すばやく両手で糸を引きしぼります。しっかりしぼって、おだやかに指先の力をゆるめたら、真っ白だった糸はエメラルドグリーンに染《そ》まっています。

さらに力をゆるめて糸をのばして空気に当てると、ういういしいグリーンは、光のもとできらめいてまるで身をふるわせながら脱皮《だっぴ》する蝶《ちょう》のように、少しずつ青色へと変化していきます。糸が空気にふれてからは、数秒《すうびょう》でグリーンの色は青い青い空の色へと変わっていき、冷《つめ》たい水で洗《あら》い流《なが》したころにはすっかり濃《こ》い青（紺色《こんいろ》）になっています。

このように、藍《あい》は初《はじ》めは緑色《みどりいろ》（エメラルドグリーン）として生まれ出て、この世にふれると青色になってしまいます。藍《あい》の中で生きていた植物の命は、この世に生まれたことの証《あかし》として一瞬《いっしゅん》の間、緑色《みどりいろ》を見せてくれるのだと思います。こうして生まれた藍《あい》の色は黒に近い濃紺《のうこん》から、白に近い水浅葱《みずあさぎ》（水色《みずいろ》）まで無数《むすう》のグラデーションの色の兄弟達《きょうだいたち》を生み出すのです。

作者《さくしゃ》あとがき

クララ・キヨコ・クマガイ

私の根《ね》っこは、カナダ、アイルランド、日本にあって、現在《げんざい》は日本で、作家活動《さっかかつどう》を続けながら、津田塾大学《つだじゅくだいがく》で創作《そうさく》と英語《えいご》を教えています。編集《へんしゅう》の仕事もしていますが、作家としてはおもに短篇《たんぺん》やエッセーを書いていて、いま小説《しょうせつ》を執筆《しっぴつ》しているところです。

インディゴという名の女の子をめぐるこの物語の語りは、幼《おさな》いころから大好きだったアイルランドの妖精物語《ようせいものがたり》や伝説《でんせつ》にヒントを得ています。そしてテーマは、日本の重要無形文化財《じゅうようむけいぶんかざい》保持者の染織家《せんしょくか》である志村《しむら》ふくみさんからインスピレーションをいただきました。2014年に志村《しむら》さんは思想《しそう》・芸術部門《げいじゅつぶもん》で京都賞《きょうとしょう》を受賞《じゅしょう》されました。受賞《じゅしょう》スピーチで、とくに藍《あい》について、その誕生《たんじょう》や美しさについて語られました。藍《あい》を建《た》てるとき、藍《あい》は「子どものように」生まれてくるのだと。私《わたし》が色について考えていたことが、それまでとはまったく異《こと》なったものに変わりました。色が自然から生まれでるとき、それは命として誕生《たんじょう》するのです。

翻訳者《ほんやくしゃ》あとがき

インディゴの旅《たび》は続《つづ》く

早川《はやかわ》敦子《あつこ》

天空《てんくう》から光が旅をして地上に降《お》り立ったとき、色となって現《あらわ》れる。染織家《せんしょくか》志村《しむら》ふくみの作品世界には、なにかしら宇宙的《うちゅうてき》な広がりが顕現《けんげん》されてくるとずっと感じてきた。たとえば若《わか》いころ大好きだった「色と光のこころみ」には、早春の梢《こずえ》に宿《やど》る光の精《せい》が色と戯《たわむ》れてダンスしているような躍動《やくどう》がある。他方、クリスマス茶会《ちゃかい》にという母の願《ねが》いを受けて創《つく》ってくださった一対《いっつい》の掛《か》け軸《じく》「光は暗《くら》きに照《て》る」には、リルケの「時祷書《じとうしょ》」の引用が添《そ》えられ、闇《やみ》に光が応答《おうとう》して姿《すがた》を現《あらわ》してくるような瞬間《しゅんかん》が、深《ふか》い藍《あい》を背景《はいけい》に輝《かがや》く黄色の十字に表現《ひょうげん》されている。幾何学模様《きかがくもよう》のように織《お》り込《こ》まれた金糸は、天上からの光だろうか。ふと、インディゴが語りかける「藍《あい》」が山の稜線《りょうせん》から姿《すがた》を現《あらわ》してくるこの物語の一幕《ひとまく》を思いだした。

志村《しむら》ふくみの世界観《せかいかん》は、色の存在《そんざい》を根源《こんげん》から問う真摯《しんし》な求道者《ぐどうしゃ》のような探究《たんきゅう》に導《みちび》かれて、自然から色を導《みちび》き出《だ》す経験《けいけん》から深化してきたのかもしれない。そして、この一人の芸術家《げいじゅつか》に、わたしは少女のようなやわらかさと、凛《りん》と近寄《ちかよ》りがたいような強さを感じてきた。今回、イェイツを生んだ国、アイルランドの作家《さっか》が「志村《しむら》ふくみ」と出会い、「藍《あい》」という色の厳粛《げんしゅく》な存在《そんざい》に深く関わってきた彼女《かのじょ》の世界に触れて生まれたのが、『インディゴをさがして』である。

異文化《いぶんか》の境界《きょうかい》を越《こ》えて、この物語が色の命を語る物語として誕生《たんじょう》し、それがまた日本の子どもたちにとどけられるとは、なんとうれしいことだろう。志村《しむら》ふくみ先生《せんせい》ご自身《じしん》の色にまつわる文、そしてご自身も独自《どくじ》の染織《せんしょく》の世界を拓《ひら》いてこられた長女の志村洋子先生《しむらようこせんせい》が、子どもにもわかるように「藍《あい》」誕生《たんじょう》の軌跡《きせき》を解説《かいせつ》してくださった。まさに、特別《とくべつ》な一冊《いっさつ》である。

原作《げんさく》を津田塾大学翻訳《つだじゅくだいがくほんやく》コースを履修《りしゅう》した学生たちが翻訳《ほんやく》して2019年に大学祭《だいがくさい》「津田塾《つだじゅく》祭《さい》」で〝Journey of Colours〟と題《だい》する展示《てんじ》を行うなど、この絵本が誕生《たんじょう》する前にも、すでに想像《そうぞう》の世界《せかい》のなかで「インディゴ」は旅を続《つづ》けてきた。そして今回絵本になるにあたって、イラストレータの横須賀香《よこすかかおり》さんが、不思議《ふしぎ》な少女の姿《すがた》を招《まね》き入れてくれた。これからも、インディゴは、読者《どくしゃ》の心の世界を通して旅を続《つづ》けていくことだろう。そしてインディゴは、つぎつぎに豊《ゆた》かな色を連《つ》れてきてくれることだろう。

関わってくださったすべての方々、とりわけ小学館編集者《しょうがくかんへんしゅうしゃ》の喜入今日子《きいれきょうこ》さんに心から感謝申《かんしゃもう》し上げます。ありがとうございました。

2020年　夏

作　**クララ・キヨコ・クマガイ**

カナダ生まれ。母はアイルランド人。父の祖国日本に2018年より滞在し、取材した日本文化、社会などの記事を海外に紹介する執筆のほか、児童文学の創作を続けている。現在、津田塾大学、多摩美術大学などで英語とリクリエーションの講師も務める。

訳　**早川敦子（はやかわあつこ）**

津田塾大学学芸学部英語英文学科教授。著書に『翻訳論とは何か』（彩流社）、『世界文学を継ぐ者たち』（集英社新書）、翻訳書に『希望の鎮魂歌』（岩波書店）、『記憶を和解のために』（みすず書房）、絵本の翻訳に『人形の家にすんでいたネズミ一家のおはなし』（徳間書店）、『ある家族の秘密』（汐文社）など。

絵　**横須賀香（よこすかかおり）**

東京都出身。東京藝術大学日本画科卒業、同大学院絵画科修了。幼稚園、高校、カルチャー教室などで絵画講師を務めながら、絵本を描く。第32回日産 童話と絵本のグランプリで大賞を受賞した『ちかしつのなかで』（BL出版）でデビュー。埼玉県在住。

詩　**志村ふくみ（しむらふくみ）**

滋賀県生まれ。染織家、随筆家。重要無形文化財保持者（人間国宝）、文化功労者、第30回京都賞（思想・芸術部門）受賞、文化勲章受章。京都市名誉市民。著書に『一色一生』（大佛次郎賞）、『語りかける花』（日本エッセイスト・クラブ賞）など多数。

解説　**志村洋子（しむらようこ）**

東京都生まれ。染織家、随筆家。「藍建て」に強く心を引かれ、30代から母・志村ふくみと同じ染織の世界に入る。

表紙／「風露」志村ふくみ
詩「色彩」の出典／『伝書 しむらのいろ』（求龍堂刊）より

インディゴをさがして

2020年11月9日　初版第1刷発行

作　クララ・キヨコ・クマガイ
訳　早川敦子
絵　横須賀香
詩　志村ふくみ
解説　志村洋子

発行者　野村敦司
発行所　株式会社小学館
〒101-8001　東京都千代田区一ツ橋2-3-1
電話　編集03-3230-5416　販売03-5281-3555

印刷所　凸版印刷株式会社
製本所　牧製本印刷株式会社

ISBN978-4-09-289306-1 Printed in Japan

ブックデザイン●坂川栄治+鳴田小夜子（坂川事務所）
制作●友原健太　資材●斉藤陽子　販売●筆谷利佳子
宣伝●綾部千恵　編集●喜入今日子